publication P N° 1
Bibliothek der Provinz

Die Welt ist, wie dein Auge,
und dein Auge, wie dein Herz.

Franz Stelzhamer

Und werfen Steine in den Fluß
Kurzprosa
von
Marius Huszar
gestaltet
und
herausgegeben
von
Richard Pils
in
publication P N°1

Großwolfgers 29
A-3970 WEITRA
Tel. 0 28 15 / 35 594
1992
ISBN 3 900878 70 6
printed in Austria
by
Schindler
A-3950 Gmünd
Auflage: 250 Stück

Marius Huszar

Und werfen Steine in den Fluß

für Erika

Wer mit offenen Augen durch die Welt geht,
kommt nur langsam voran…

Stetig

Besorgt beobachtet die Frau das Kind, das bis zu den Knien im Wasser steht und Steine sortiert.

„Komm endlich heraus!“ ruft sie ihm ungeduldig zu, „du erkältest dich sonst.“

Das Kind aber erwidert: „Mir ist nicht kalt“, beugt sich vor und läßt einen rötlich glänzenden Stein ins Wasser plumpsen, daß es hoch aufspritzt.

Die Frau ist erschrocken. Das Kind hingegen lacht kreischend.

Dann watet es zu einem kleinen Wall, der das Wasser staut und sucht sich einen weiteren auffallend gefärbten Stein, mit dem es, vor Anstrengung keuchend, zu jener Stelle zurückkehrt, wo es den anderen fallen ließ.

„Was machst du denn...mit den schönen Steinen?“ fragt die Frau zögernd.

„Ich schreibe meinen Namen in den Fluß,“ antwortet das Kind.

Die Frau schüttelt den Kopf, lächelt.

„Paß auf“, sagt sie schließlich, „daß du auf dem glitschigen Boden nicht ausrutschst!“

Ohne darauf etwas zu erwidern, holt das Kind den nächsten Stein...

Der kleine Bach im Tal

„Ich kann deinem Gedankengang nicht ganz folgen," sagte sie. Sie stand auf dem schmalen Steg, der über den kleinen Bach führte, und schaute mich fragend an.

Ich hatte sie aus ihren Gedanken gerissen; Gedanken, die – soweit kannte ich sie bereits – der kümmerlichen Birke gegolten hatten, welche auf einem den Bach teilenden Felsbrocken hartnäckig ihr Dasein behauptete.

„Ich meine, hast du nie den Wunsch gehabt, einen großen Fluß hinunterzufahren, bis zur Mündung?"

Sie zuckte die Schultern und sagte: „Ich habe schon einmal eine Reise donauabwärts gemacht, wenn du das meinst. Bis zum Schwarzen Meer allerdings hat es nicht gereicht."

„Ja, das habe ich gemeint. Und würdest du das gerne nochmal tun?"

Wieder dieses Schulterzucken: „Manchmal!"

„Das klingt aber nicht sehr überzeugt."

„Nun," sagte sie, „es wäre nicht mehr dasselbe."

„Genau das! Es wäre nicht mehr dasselbe. – Ob du es glaubst oder nicht: Ich bin in meiner Jugend noch in der Donau baden gegangen und einmal sogar im Rhein. Wenn ich aber heute am Ufer spaziere und diese braune, schmutzige ..." – ich weiß noch, wie ich krampfhaft nach einem passenden Wort suchte, weil ich das erste, das mir eingefallen war, nicht sagen wollte und es dann doch sagte – „...diese schmutzige Brühe sehe, dann kann ich mir das gar nicht mehr vorstellen. Der Fluß ist nicht mehr das, was er einmal war. Und wenn man bedenkt, wieviele Fische täglich durch die große Verseuchung sterben, wäre es Zynismus, noch immer vom Symbol des Lebens zu sprechen."

Es entstand eine Pause, eine Stille der Eintracht, – die sie schließlich mit einer Frage beendete: „Möchtest du zur Quelle hinaufgehen?"

„Warum?"

Sie warf einen dürren Zweig, den sie schon eine Weile in der Hand gehalten hatte, in den Bach und schaute ihm nach.

„Ach, nur so," sagte sie. „Ich dachte, es müsse schön sein, den Ursprung zu kennen."

„Ja," sagte ich, „morgen, vielleicht!"

Früher

Ein warmer, sonniger Samstagnachmittag.

Hand in Hand spazierten sie auf dem gepflasterten Weg entlang des Baches, als sie plötzlich seine Hand losließ und sich bei ihm einhakte.

„Was ist?!" fragte er.

„Nichts. Was soll denn sein?!" erwiderte sie scheinbar überrrascht.

Doch er kannte sie zu gut, um sich täuschen zu lassen; irgendetwas bedrückte sie, und deshalb sagte er: „Nun, jedesmal wenn du dich so anschmiegst, hast du etwas auf dem Herzen."

„Ach, weißt du ..." sagte sie – und der Klang ihrer Stimme verriet ihm, daß er richtig vermutet hatte – "ich habe gerade daran denken müssen, wie es früher hier einmal ausgesehen hat, vor dem Bau dieser Siedlung."

Er nickte, denn er wußte um die erneuten Probleme des Familienbetriebes mit den Anrainern und die daraus entstandenen Reibungen innerhalb der Familie. Und obwohl er nicht wollte, wußte er auch, daß es sich nicht vermeiden lassen würde, darüber zu sprechen; also fragte er sie: „Und, wie hat es denn früher hier ausgesehen?"

„Diese Siedlung..." – ohne sich umzudrehen, zeigte sie mit der freien Hand über ihre Schulter – „steht erst seit drei Jahren. Und weißt du, wieviele Leute hier wohnen?"

„Ich schätze so zweitausend“ sagte er.

„Gut geschätzt: zweitausendzweihundert, auf so engem Raum. Kein Wunder, daß sie so aufsässig und gehässig sind. – Früher ist hier alles frei gewesen. Man hat die Berge gesehen und etliche schöne Sonnenuntergänge. Und dieser Bach: heute kann man sich gar nicht mehr vorstellen, daß er in einem Volkslied besungen wird.“

Da er wußte, welches Lied sie meinte, summte er, als sie es gleich darauf leise zu singen begann, die Melodie mit.

Zu seiner Überraschung hörte sie mit dem Singen auch nicht auf, als einige Spaziergänger auf sie zukamen, an ihnen vorübergingen, und – wie er durch einen flüchtigen Seitenblick feststellte – verwundert, ja geradezu verwirrt den Kopf schüttelten.

‚Das Singen und Summen von Liedern in der Öffentlichkeit ist strengstens verboten.‘ – Er mußte lächeln und begann nun ebenfalls den Text zu singen. – –

„Da schau! Ein Kleiber!“

Ganz plötzlich war sie stehengeblieben, ließ seinen Arm los und zeigte in Richtung eines knorrigen Mostbirnbaumes. „Da! Siehst du ihn?“

Ja, das war's, was ihm an ihr so gefiel: ihr Begeisterungsvermögen für Kleinigkeiten, die für sie aber keine Kleinigkeiten waren.

„Schau, wie der den Stamm rauf- und runterläuft!“

„Jetzt steht er Kopf“, sagte er, und sie lachten.

„Mein Gott! Wie lange ist das schon her, daß ich einen Kleiber gesehen habe! Früher…“ – sie hatte wieder jenen resignierenden Tonfall in ihrer Stimme – „da hat es hier eine Reihe von Vogelarten gegeben, die man heute, sogar auf dem Land, nur mehr selten sieht: Gimpel zum Beispiel oder Goldammern; auch Stieglitze; und ob du's glaubst oder nicht, einmal habe ich sogar einen Eisvogel gesehen. Kennst du den Eisvogel?“

Er sagte nur „ja“, um ihren leidenschaftlichen Erzählfluß nicht zu unterbrechen.

„Und Schlangen hat es hier gegeben, und Bisamratten. – Aber seitdem jedes Jahr das Buschwerk abgeschnitten wird…“ Sie stockte, als bereite es ihr Schmerzen, diesen Satz zu Ende zu sprechen. –

Schließlich hakte sie sich wieder bei ihm ein und führte ihn auf den aufgeschütteten Damm, der, mit Steinen gepflastert, steil zum Bach abfiel.

„Da, schau dir das an!“ sagte sie beinahe zornig, „hier haben sie nicht einmal mehr eine Grasnarbe zurückgelassen. Nur Steinquader und Beton. Und…“ Abermals stockte sie, und er betrachtete indessen das trostlose Bild, das sie so sehr erregte.

„Du kannst mir glauben,“ fuhr sie fort, „ich habe nichts gegen Bachregulierungen. Ich habe nur etwas gegen die totale Kanalisierung eines Baches. Und vielleicht ist dir auch aufgefallen, daß es hier nicht einmal Fische gibt.“

Nun, da sie es ausgesprochen hatte, wußte er, was ihn die ganze Zeit irritiert hatte: Es gab hier keine Fische. Das Bachbett mit seinen Granitplatten erinnerte vielmehr an einen breiten Rinnstein nach starkem Regenguß: so seicht und nahezu lustlos schien der Bach dahinzufließen, um da und dort mitgeführten Unrat abzuladen.

„Jetzt sind wir vom Ärger mit den Anrainern zum Fischgehalt dieses Baches gelangt. ...“ – Ganz langsam, aber sehr bestimmt waren ihre Worte in sein Denken eingedrungen und brachten ihn wieder zu ihr zurück. „Entschuldige bitte meinen Gedankengang!“ sagte sie. „Ich weiß, das hat nicht viel miteinander zu tun.“ – „Doch“, sagte er tonlos, „es hat sehr wohl etwas miteinander zu tun.“ Und in der Gewißheit, es noch nie so bewußt gebraucht zu haben, fügte er das Wort “leider“ hinzu.

...Wiederum ging sie in den Wald, um ein vierblättriges Kleeblatt zu suchen.

Als sie endlich eines fand, waren ihre Beine vom dornigen Gestrüpp zerkratzt.

Die Schuldfrage

Dieser Unfall, denkt er, wäre sicher nicht passiert, wäre vor vier Tagen nicht das mit der Amsel gewesen; denn seither bremst er bei jedem über die Straße laufenden oder fliegenden Vieh ab.

Und heute ist es eben schief gegangen.

Der Lenker des anderen Wagens blieb gelassen, was ihn positiv überraschte; mehr noch: der Mann hatte, wie es schien, sogar Verständnis, auch wenn er beteuerte, keine Amsel – ja, wieder war es eine Amsel gewesen – gesehen und deshalb nicht mit einer Notbremsung gerechnet zu haben.

Man tauschte Namens- und Adreßkärtchen, Telefon- und Versicherungsnummer aus, verabschiedete sich mit Händedruck und stieg wieder in die Wagen. – –

Seine Frau, die, weil er sie darum bat, sitzengeblieben ist, legt ihre Hand auf seinen Arm: „Ist es schlimm?"

„Beim anderen Auto schon", sagt er, während er den Motor startet. „Sein rechter vorderer Kotflügel ist total verbeult, das Blinklicht natürlich kaputt, und ich glaube, seine Radfelge hat auch etwas abbekommen. Bei unserem ist nur die Stoßstange ein wenig eingedrückt."

Sie nickt, lehnt sich zurück und schaut aus dem Fenster.

Eine Weile wird nichts gesprochen, und zu

hören ist nur ein leises Schnalzen, sooft der Wagen an einem der am Straßenrand stehenden Bäume vorüberfährt, tschak... tschak... immer wieder... – –

Sie beendet das Schweigen: „Woran denkst du?"

Er zögert. – „An die Amsel vorige Woche."

„Nein, bitte nicht! Ich möchte nicht darüber reden!"

„Keine Angst", sagt er, „ich möchte auch nicht darüber reden."

Und so schweigen sie wieder.

Aber denken muß er ständig an die Amsel. Immerzu drängt sich ihr Bild in seine Gedanken: wie sie flach auf dem Boden dahinflatterte, mit den geknickten Schwanzfedern... die Füßchen nachschleifend... Und diese Bahn – diese verwackelte, kurvige Bahn, die sie beschrieb, mit fahrigen Bewegungen gleichsam auf die Straße kritzelte.

War sie von einem Auto angefahren worden? oder hatte eine Katze sie so zugerichtet? – Aber eine Katze hätte sie wohl nicht mehr losgelassen...

Sie schrie – oder versuchte vielmehr zu schreien, aber es war nur ein verzweifeltes, klägliches Piepsen, das aus ihrem gelben Schnabel drang, so kümmerlich, als habe man bereits den Großteil der Stimme aus diesem kleinen Körper gepreßt.

Er hätte sie, gleich nachdem er sie erblickt hatte, überfahren sollen. Statt dessen war er stehengeblieben und ausgestiegen. Doch nun, als er langsam auf sie zuschritt, flatterte sie, in einem fort piepsend, in dieser kurvigen Bahn flach am Boden dahin, wie ein beschädigtes, aufgezogenes Spielzeug – bis sie schließlich in den parallel zur Straße verlaufenden Graben plumpste.

Erst jetzt, da der Vogel auf dem Rücken liegt, panisch mit den Flügeln schlagend, erst jetzt bemerkte er, daß auch einer dieser Flügel, der linke, geknickt ist.

Und dann hört er seine Frau aus dem Wagen steigen und auf ihn zukommen, und er hebt die Hand und ruft: „Bleib dort! Ich glaube, ich muß sie töten.“

„Nein! Warum denn?“

„Ein Flügel ist kaputt und der Schwanz geknickt... und auch die Füßchen. Das bringt kein Tierarzt mehr hin.“

Ohne ein weiteres Wort zu erwidern, kehrt sie zum Wagen zurück.

Indessen sucht und findet er einen faustgroßen Stein. Als er sich wieder der Amsel zuwendet, stellt er erstaunt fest, daß es ihr inzwischen gelungen ist, auf dem Bauch zu liegen. Und immer und immer wieder versucht sie – vergeblich – , aus dem Graben zu kommen und piepst kläglich und flattert und piepst...

Er holt tief Luft (– am liebsten würde er sich die Ohren zuhalten –), hebt den Stein, zögert, da die Amsel einen weiteren Versuch unternimmt – abermals vergeblich – , und wirft schließlich den Stein in den Graben.

Augenblicklich verstummt das Piepsen, der

kleine Körper zuckt noch einmal, zweimal.

Dann war es vorbei. – – –

Nein, denkt er wieder, der Unfall wäre sicher nicht passiert ohne diesen Vogel vorige Woche.

Und, als könne sie seine Gedanken lesen, wendet sie ihm ihr Gesicht zu und sagt: „Du hast das Richtige gemacht. Hauptsache, der Vogel lebt, alles andere ist nicht so wichtig.“

Drei Rehe

„Da, schau mal," rief Alex begeistert und reichte mir das Fernglas. „Dort sind Rehe. Drei Rehe!"

Ich nahm das Glas und folgte dem ausgestreckten Arm des Jungen.

Zuerst sah ich nur die Lagerhalle und die neuen Wohnblocks dahinter; dann, rechts davon, das brachliegende Feld. Und da waren sie: drei Rehe neben einem stählernen Leitungsmasten.

„Kein schöner Anblick", dachte ich, sagte jedoch nichts.

Heute, im Park, beobachtete ich eine alte Frau: Sie las die Kastanien vom Asphalt auf und warf sie in die Wiese.

Der Abschied

Das Flugzeug dröhnte über mich hinweg, – dunkel zogen seine Abgase den Schlußstrich unter unsere Beziehung.

Zwei Stunden zuvor noch hatte ich ihren warmen Körper gespürt, ihren Atem auf meiner Brust und ihre Tränen. Und jetzt war es aus, endgültig.

Noch einmal blickte ich in die Richtung, in der die Maschine verschwunden war, bis zuletzt hoffend, daß irgend etwas sie zur Umkehr zwingen würde. Ich stand da wie ein kleiner Junge, den die Eltern allein gelassen haben.

Schließlich ging ich zum Auto zurück.

Sieben Uhr früh, ein wolkenloser Himmel, und ich konnte und wollte nicht nach Hause, in die Wohnung. Nicht jetzt.

Raus; irgendwohin. In Bewegung bleiben. Nur keinen Stillstand. Bewegung: das war's, was ich brauchte. Geschwindigkeit, denn Geschwindigkeit hält ab vom vielen Nachdenken. Deshalb fuhr ich nicht zur Bundesstraße, sondern auf die Autobahn.

Kaum ein Fahrzeug war zu sehen.

Es war Sonntag morgen; man lag noch im Bett, schlief oder liebte sich.

Ich trat das Gaspedal durch.

Bald tauchte das Ausfahrtsschild der Stadt auf. Ich raste daran vorbei. Der Wagen dröhnte. Die Tränen rollten mir über die Wangen. Ich klammerte mich ans Lenkrad und stieß einen Schrei aus.

Bäume und Häuser flogen vorüber wie fallende Kegel.

Ein Schwarm von Spatzen stob zur Seite.

Ich ging etwas vom Gas herunter.

Bei der nächsten Ausfahrt verließ ich die Autobahn, um nun auf der Bundesstraße wieder in die entgegengesetzte Richtung zu fahren. –

Als plötzlich zwischen den Bäumen der See hervorglitzerte, machte ich halt. Ich stieg aus und ging ans Ufer hinunter.

Ein Schwan zog auf der Wasseroberfläche seine Kreise.

Ich setzte mich auf eine Bank; dieselbe, auf der ich einige Tage zuvor mit ihr gesessen war. Das allerdings wurde mir erst später bewußt.

Im Moment fühlte ich mich viel zu leer, um traurig zu sein. Dumpf verkümmerte in meinem Gehirn jeder Gedanke, ehe er zu Ende gedacht war.

Empfindungslosigkeit der Ohnmacht – an diesem Morgen lernte ich sie kennen. –

Das Glitzern der Sonne auf dem Wasser blendete mich. Ich schloß die Augen. In tiefen Zügen atmete ich die Stille ein. – – –

Ich weiß nicht, wie lange ich schon so dagesessen sein mochte, als sich das Geräusch herannahender Schritte, allmählich zwar, – aber doch sehr bestimmt und aufdringlich den Weg in mein Bewußtsein bahnte.

Widerwillig hob ich die Augenlider: ein alter

Mann mit seinem Hund. An einem anderen Tag hätte ich ihn wahrscheinlich gegrüßt. Heute aber, hier und jetzt, wollte ich allein sein, wollte ich jeden Kontakt mit Außenstehenden vermeiden. Ich starrte auf den See, bis die beiden an mir vorüber waren. Dann stand ich auf und schlug die entgegengesetzte Richtung ein.

Beim Anblick des vom Tau glänzenden Grases zog ich Schuhe und Socken aus, um barfuß durch die Wiese zu gehen. Meine Zehen streiften die winzigen Kristalle von den Halmen, während meine Hände über die frischen Blätter herabhängender Zweige tasteten. – – –

Bald jedoch – und ohne recht zu wissen, weshalb, strebte ich wieder dem Seeufer zu.

Dort entkleidete ich mich zur Gänze und sprang ins Wasser. Es war kalt. Doch das kümmerte mich nicht. Ich schwamm hinaus, – bis zu einem dicken Holzbalken, der sich an der Wasseroberfläche leise auf und ab bewegte. Als ich feststellte, wie problemlos der Balken mich tragen würde, legte ich mich darauf, rückwärts, und breitete, um besser das Gleichgewicht halten zu können, die Arme aus. Über mir der blaue Himmel, tief und mächtig, gab mir ein Gefühl von Ewigkeit. – Zärtlich beinahe empfand ich das leise Glucksen der kleinen Wellen in meinen Ohren, – und wie von fern vernahm ich meinen eigenen, schweren Atem. – – –

Unter Wasser ballten sich meine Hände zur Faust. Mein ganzer Körper war gespannt. Er schien sich zu dehnen, schien innerlich zu wachsen. In meinem Kopf entstand ein Druck, der – so empfand ich es zumindest – nun jeglichen Gedanken aus meinem Gehirn drängte.

Ein angenehmer Zustand. – – –

Als jedoch nach und nach die Gedanken zurückkehrten und ich die Kälte zu spüren begann, schwamm ich ans Ufer zurück und schlüpfte in meine Sachen. Das Hemd klebte nun an meinem Körper und von den Haaren liefen mir die Tropfen übers Gesicht und den Nacken hinunter.
Aber was machte das schon!? Ich fühlte mich besser.

Rasch stieg ich wieder in den Wagen und suchte mein Elternhaus auf.

Der Brief

Gestern erhielt ich einen Brief aus Übersee. Er war von Marianne, in Englisch verfaßt, was bereits auf den Ernst des Inhalts hinwies, und er ließ mich an der göttlichen Gerechtigkeit – ich weiß nicht, wie ich es sonst nennen soll – zweifeln.

Gleichzeitig lehrte er mich, daß es im Leben kein abgeschlossenes Kapitel gibt, wie in einem Buch, das man zuklappt, sobald das letzte Wort gelesen ist. – –

Marianne und ich hatten uns vor fünf Jahren getrennt und uns 'zu unsrem Besten' entschlossen, den Kontakt gänzlich abzubrechen. Ich aber brach diese Vereinbarung. Es war mir nämlich gelungen, eine Kurzgeschichte über unser letztes Beisammensein an die lokale Rundfunkstation zu verkaufen, und ich hatte ihr vor zwei Wochen eine Kassette mit der Aufzeichnung dieser Sendung geschickt.

Hätte ich doch nur vorher gewußt, was in ihrem Brief stehen würde! ...

Lieber Erik!

Ich danke Dir für Deinen Brief. Es war schön, wieder einmal von Dir zu hören. Ehrlich gesagt habe ich nicht mehr damit gerechnet. Vor allem danke ich Dir für die Geschichte, sie war das schönste Ge-

schenk, das ich seit langem bekommen habe. Ich erinnere mich auch noch ganz genau an unseren letzten Tag; auch ich habe an diesem Morgen 'die Empfindungslosigkeit der Ohnmacht' kennengelernt.

Aber nicht nur an diesem Morgen!

Erik, denkst Du noch manchmal an unsere Österreich-Deutschland-Rundreise? An den Rhein und die Donau? – Es war eine sehr schöne Zeit. Da habe ich in jeder größeren Stadt die Füße ins Wasser gehalten, erinnerst Du Dich? Und weißt Du auch noch, warum? Weil es angeblich Glück bringt, seine Füße in einen großen Fluß zu halten.

Aber, Erik, mir hat es kein Glück gebracht. Ich habe Krebs. Ich weiß es seit einigen Wochen, und ich habe auch schon eine Operation hinter mir, am Unterleib. Die Operation ist gut verlaufen. Aber ich fühle mich betrogen. Verstehst Du, ich werde nie Kinder haben.

Trotzdem danke ich Gott, daß er es mich rechtzeitig erkennen ließ. Die Ärzte glauben, das Krebsgeschwür gänzlich entfernt zu haben, aber zur Sicherheit muß ich jeden Monat zu einer Nachuntersuchung. Es ist schrecklich, immer mit dieser Angst leben zu müssen.

Wie Du Dir vorstellen kannst, setze ich meine ganze Hoffnung in das neue Jahr. So ein Jahr wie das vergangene darf es nicht wieder geben.

Lieber Erik, bitte verzeih mir, daß ich Dir keinen

schöneren Brief schreiben konnte. Aber ich habe so viel mit Dir geteilt, und Du wirst es verstehen.

Danke für alles

Deine
Marianne

PS: Vielleicht solltest Du für mich noch einmal die Füße ins Wasser halten, denn wie heißt ein Sprichwort bei Euch: Doppelt hält besser. Und wir haben leider keinen Fluß in der Nähe.

...Tapfere, kleine Marianne. Sie belächelte ihren Aberglauben (der stets optimistisch war und eine natürliche Folge ihrer bejahenden Lebenseinstellung), und gleichzeitig versuchte sie daraus Hoffnung zu schöpfen.

Und ich!? – ich konnte das alles nicht begreifen, zweifelte am Sinn des Lebens überhaupt und stellte mir dieselbe Frage, die schon tausendmal gestellt und nie beantwortet wurde: Warum muß es gerade einen so jungen Menschen treffen?!

Natürlich weiß auch ich keine Antwort. Ich weiß nur, daß ich am kommenden Sonntag zur Donau hinunterfahren werde, um dort meine Füße ins Wasser zu halten.

... Denn du zertrittst eine (häßliche) Raupe und tötest den schönsten Schmetterling

Klatsch! – Und wieder klebt ein Schmetterling an der Windschutzscheibe, flattert, als sei noch Leben in ihm, und wird schließlich vom Fahrtwind weggerissen.

Zurück bleibt ein häßlich-gelber Fleck; einer unter vielen.

Das ist bereits der vierte Falter – ganz zu schweigen von all den anderen Insekten, die gegen das Glas prallten – und er hat kaum die Hälfte der Strecke zurückgelegt.

Kurz vor Linz klatscht es wieder. Ein Schwalbenschwanz klebt am Scheibenwischer, zappelnd, mit zerfetzten Flügeln.

Beinahe andächtig betrachtet er dieses zerrissene Etwas, das im Moment zuvor noch ein schöner Schmetterling gewesen ist; betrachtet die beiden roten Tupfen auf den gelben Flügeln, die ihm wie Blutstropfen erscheinen, oder wie Augen, die ihn anstarren.

Schade!, denkt er. Jedesmal, wenn so ein Falter gegen die Scheibe prallt, versetzt es ihm einen Stich. Es tut ihm aufrichtig leid, aber ist es denn zu ändern!?

Er betätigt den Scheibenwischer. Der Falter bleibt jedoch fest am Bügel haften. Er schaltet die Waschanlage ein; auch das nützt nichts. Gleich einer winzigen Signallampe öffnen und schließen sich die zerfetzten Flügel, rhythmisch, im Takt der Wischblätter.

Eigenartig! – Es liegt schon eine Ewigkeit zurück, daß er seine Aufmerksamkeit einem Schmetterling widmete, einem 'Gaukler der Blumenwiese', wie er sie vor Jahren nannte.

Er muß lächeln. Ein Erlebnis aus seiner Kindheit ist ihm eingefallen: Es war an einem heißen Sommertag. Die Familie machte einen Ausflug, und er, damals noch ein kleiner, aufgeweckter Junge, kaum sieben Jahre alt, eilte den andern stets voraus.

Plötzlich, mitten am Weg, entdeckt er eine Raupe. Sie ist grün, hat weiße Streifen, und Bewegungen macht sie wie eine Ziehharmonika. Aus Sorge, sie könnte zertreten werden, nimmt er einen Strohhalm zur Hand und wartet geduldig, bis sie sich daran festgeklammert hat. Behutsam legt er sie ins Gras. Dann erst läuft er den andern, die längst vorüber gegangen sind, nach.

Damals – ja, damals fühlte er sich bedeutend und groß: ein Mensch, der soeben ein Leben gerettet hatte. Und heute, sechzig Jahre danach, an einem anderen heißen Sommertag!? – heute zerplatzten bereits fünf Schmetterlinge auf seiner Windschutzscheibe. – –

Die anderen, denkt er, werden es lächerlich finden, aber ich fahre von nun an nur mehr bei Regenwetter mit dem Auto, – und im Winter natürlich!

Der Traum

Es war ein eigenartiger, traurig-schöner Traum, den ich gestern träumte, den ich aber nicht zu deuten wage, aus Furcht, ich könnte ihn verstümmeln:

Die Sonne ging unter und zog ein langes glitzerndes Band über einen mächtigen Strom, der stellenweise über die Ufer getreten war. Die Sonne selbst aber wurde von einem dunklen Wolkenbogen überspannt: Es war, als würde man sie durch einen gewaltigen Tunnel betrachten, dunkel die Umrahmung und blutrot das Innere. Es war wunderschön.

Doch durch den glühenden Sonnenball kreuzte Stacheldraht meinen Blick.

„Das Leben selbst, aus festem
Gerüst und von spielender Hülle
umgeben, war in dem weichen
Standbild nachgeformt...
Aber auch damit ist nicht alles über
ihn gesagt – denn der Schneemann
hatte auch ein Herz."

Erich Landgrebe: Florian und Anna

Der Schneemann

Es war ein schöner, kalter Wintermorgen. Die Sonne schien, und der Schnee glitzerte im grellen Licht ihrer Strahlen.

Vermummt in dicke Mäntel gehüllt spazierten zwei Menschen durch den Park, ein kleines Mädchen an der Hand eines alten Mannes.

Als sie am vereisten Bach vorüber kamen, sahen sie einen großen Schneemann, mit breitem Grinsen im Gesicht und einem hohen Zylinderhut am Kopf. Und das kleine Mädchen rief erregt „Du, Opa! ein Schneemann hat doch auch ein Herz, oder?"

Der alte Mann lächelte. „Ich weiß nicht, Schatz", sagte er schulterzuckend. „Vielleicht!"

'Vielleicht' jedoch war nicht genug. Die Kleine wollte eine genaue Antwort. Und da der alte Mann diese nicht geben konnte, tat sie es selbst. „Bestimmt hat er ein Herz", sagte sie überzeugt und in einem

Ton, der keinen Widerspruch duldete. „Ganz bestimmt! Es ist halt nur ein kaltes.“

Und somit stand es fest: der Schneemann hatte ein kaltes Herz. – – –

Einige Tage später – inzwischen war Tauwetter eingetreten – gingen sie wieder durch den Park. Und wieder kamen sie zu dem Bach, dessen Eis nun bereits gebrochen war. Und da stand auch noch der Schneemann. Diesmal erschrak das Mädchen bei seinem Anblick, denn er war nicht mehr derselbe: er hatte sein Gesicht verloren. Der Kopf war ihm auf die Brust gesunken und der Hut zu Boden gefallen.

„Schau doch, Opa!“ stieß die Kleine entsetzt hervor. „Der Schneeman stirbt.“

Der alte Mann hingegen nickte nachdenklich, und etwas Wehmut lag in seiner Stimme, als er sagte: „Ja, weißt du, Schatz, der kann nicht sein, wenn es warm ist.“

Da trat, die Arme trotzig in die Hüften gestemmt, das Mädchen vor den Schneemann hin. „Mit dem kalten Herz hat er mir besser gefallen“, sagte es und zerstörte ihn.

Oft saßen sie am Abend gemeinsam
beim Ufer auf dem Baumstamm,
schwiegen und hörten beide dem
Wasser zu, welches für sie kein
Wasser war, sondern die Stimme des
Lebens, die Stimme des Seienden,
des ewig Werdenden.

Hermann Hesse: Siddhartha

Der Mann mit den Steinen

Ich lag im Bett, die Sonne schien mir ins Gesicht, und da ich nicht mehr einschlafen konnte, stand ich schließlich auf, um einen kleinen Lauf zu machen.

Die Straßen waren noch leer und die Wiesen im Park glänzten vom Tau.

Als ich über die breite Brücke lief, sah ich einen Mann, der einen großen Quaderstein in den Fluß warf. Ich setzte meinen Lauf fort, obwohl es mir doch ein wenig eigenartig schien, daß er diesen großen, schweren Stein bis zur Mitte der Brücke getragen hatte.

Einige Wochen später – der Vorfall war längst vergessen – kam ich wieder am Morgen zur Brücke, und zu meinem Erstaunen war auch der Mann wieder da, mit einem anderen ebenso großen Stein, den er in den Fluß warf.

Und so ging ich nun jeden Tag zur gleichen Zeit

auf die Brücke, um den Mann zu beobachten; und jeden Tag stand er da und warf einen Stein in den Fluß.

Nach zwei Wochen schließlich fragte ich ihn, warum er das mache.

„Ich will ein Symbol zerstören“, sagte er und ging.

Ich blickte ihm nach, und jetzt erst bemerkte ich, daß er klein war und sehr alt, und ich dachte, daß er vielleicht schon jahrelang, Tag für Tag auf diese Brücke kam, um einen Stein in den Fluß zu werfen.

'Ich will ein Symbol zerstören!' – Welches Symbol?

Nächtelang irrte diese Frage durch mein Gehirn, ohne eine Antwort zu finden. – Ich hatte jedoch nicht den Mut, den alten Mann danach zu fragen. Ja, ich vermied es nun sogar, zu früher Stunde über die Brücke zu laufen, obwohl ich, oder vielleicht *weil* ich sicher war, daß er dort weiterhin, Tag für Tag, seinen Stein hinunter warf. – –

Und dann eines Abends – es war im Anschluß an eine Totenmesse – vernahm ich jenen simplen, oft zitierten Satz vom 'Leben, das weitergeht'; – und plötzlich wußte ich, was der alte Mann zerstören wollte. Und da ich es wußte, lief ich sofort am anderen Morgen wieder zur Brücke. Aber der alte Mann war nicht da. Und er kam nicht am nächsten Tag und auch nicht am übernächsten. Er kam überhaupt nicht mehr. – – –

Ich aber spaziere seither zu jeder freien Stunde am Fluß entlang oder sitze an seinem Ufer und betrachte die gewaltigen Wassermassen, lausche dem Gemurmel der kleinen Wellen … und bin zufrieden.

Und meine Seele spannte
Weit ihre Flügel aus,
Flog durch die stillen Lande,
Als flöge sie nach Haus.

Joseph von Eichendorff

Einst ein Platz für Monarchen

Ich sitze am Strand, und eigentlich versuche ich an nichts zu denken; doch ein starker Wind wühlt die See auf und eine Welle nach der anderen wälzt sich dem Festland zu.

Klein, unbedeutend in der gewaltigen Wassermasse, lösen sie sich los, wachsen, werden zur massiven Woge, die heranrollt und wuchtig gegen den Felsen schlägt, auf dem ich sitze.

In regelmäßigen Abständen prallen Brecher gegen den Stein als wollten sie ihn vernichten; zerspellen zu Millionen kleinster Tropfen, die aufsteigen zu einer mächtigen Säule, um im nächsten Moment wie ein riesiges weißes Netz mit lautem Klatsch wieder herabzufallen.

Und zwischen den klatschenden und dröhnenden Schlägen der Wellen drängen sich Bilder aus der jüngsten Vergangenheit in mein Gehirn:

Vivien – ich frage mich, warum sie nicht mehr gekommen ist. Wie ein kleines Kind freute sie sich bei meiner Ankunft. Und wir saßen an der Bar und scherzten und lachten – und plötzlich sprachen wir nichts mehr, wie es geschieht, wenn das Herz von Gefühlen bewegt wird, die zu beschreiben Worte nicht mehr reichen. – –

Endlich dringt die Sonne durch die Wolkendecke. Ihr Licht, zuerst nur ein leuchtender Punkt am Horizont, wird rasch zu einem breiten glitzernden Band, dem durch das Auf und Ab des Wassers Kerben eingeschnitten werden. –

Strahlende Gesichter der Mädchen, als ich ihnen die Blumensträußchen überreichte. Katja und Iva waren leider nicht mehr dabei. – –

Und wieder bricht sich eine Welle an der Felswand und eine neue weiße Säule steilt empor. Ich fühle die kühle Gischt in meinem Gesicht. –

Der Schweiß ließ mein Hemd am Körper kleben, doch Silva kümmerte das nicht. Wir tanzten fort, umschlungen, und leise sang sie zur Musik – und der Klang ihrer Stimme – und unser Tanz. – –

Ein gewaltiger Berg wälzt sich heran. Es ist als hole das Meer zum endgültigen Schlag aus, wie um zu offenbaren, daß es etwas Größeres, Mächtigeres gibt als den menschlichen Verstand.

Meine Gedanken eilen voraus, spielen mit dieser Welle, vereinen sich mit ihr – mein Körper wird Geist – die Welle hebt...sie trägt mich – ein schwebendes Gefühl – der Traum vom Fliegen – wir bewegen uns dem Horizont entgegen – und weiter – und immer fort – und es gibt keine Grenzen mehr. – – –

So taumle ich zwischen Traum und Wirklichkeit – bis die Sonne untergeht. Eine glühende Kugel, die ins Meer schmilzt und erlischt, gibt sie die sterbende Insel Susac der Dunkelheit preis.

Begegnung auf der Brücke

In einer an einem großen Fluß gelegenen Stadt begegneten sich zwei Wanderer, ein alter und ein junger.

„Woher kommst du?“ fragte der Junge.

„Vom Meer. Dort habe ich die Mündung dieses Flusses gesehen. Und du?“

„Ich komme von seiner Quelle.“

„Da will ich wieder hin,“ sagte der Alte.

„Hoffentlich bist du nicht enttäuscht, nach so langer Zeit!“

„Nach dem was ich auf dem Weg zu seiner Mündung gesehen habe, kann es nur besser werden.“

„Davon muß ich mich selbst überzeugen,“ sagte der Junge.

Darauf erwiderte der Alte: „Ja, das muß jeder!“

Wer mit offenen Augen durch die Welt geht,
kommt nur langsam voran . . .

Aber es lohnt sich trotzdem.

Inhalt

Literatur

Jedes Sandkorn ist ein Stück
Felsenbilder
Adalbert Stifter
Wolfgang Goethe
Richard Pils

*

Wechselvoll verrauscht das
Leben Lyrik
Adalbert Stifter

*

Wenn dich fern von mir
der Abend kühlet
Briefwechsel zwischen
Amalia und Adalbert Stifter

*

Winterbriefe aus K
Adalbert Stifter

*

In deinem Arm in frohem
Lächeln eilen
Briefwechsel zwischen
Amalia und Adalbert Stifter

*

Der beschriebene Tännling
Die Sagen des Mühlviertels
Adalbert Stifter

*

Granit
Adalbert Stifter

*

Katzensilber
Adalbert Stifter

*

Die Sonnenfinsternis
Adalbert Stifter

*

Nachtfahrt
Dialektgedichte
Hans Viehböck

*

Ich bin du und ich
Kindertexte

*

Die Lagune
unter dem Herzen
Richard Pils

*

blackthorn
mit der sichel das kom
reisejournal
richard wall

*

Querland
eine Erzählung
Franz Rieger

*

Aufgebote des Zweifels
Lyrik
Franz Rieger

*

in tiefste nacht
in hellstes licht
kurt mittemdorfer

*

Vergiß die Rose nicht
Ein Märchen
Theodor Storm

*

Einschicht
Dialoge
Fritz Lichtenauer

*

sogi sogi
Dialektgedichte
Fritz Lichtenauer

*

Scheinbar ohne Bewegung
Sie legte ihre Hand in seine
G. G. Krenner

*

Zweite Liebe
Sieben Geschichten
André Müller

*

André Müller
im Gespräch mit
Thomas Bemhard

*

Von einer Katastrophe
in die andere
Gespräche mit
Thomas Bernhard
Sepp Dreisinger

*

Karl Ömperdinger
eine Rekonstruktion Roman
Andreas Renoldner

*

Auf dem Taubenmarkt
Roman
Franz Kain

*

Das Brennesseldickicht
Erzählungen
Franz Kain

*

Der Schnee war warrn
und sanft
Erzählungen
Franz Kain
Das Gewölbe
Roman
Elisabeth Praher

*

Was soll's,
es ist ja Fasching
Roman
Fritz Habeck

*

Mitternachtswüste Gedichte
arabisch - deutsch
Khalid Al Maaly

*

Der Keksfresser
Eine Erzählung
Franz Tumler

*

bruch/stücke variationen
Waltraud Seidlhofer

*

bild/er/betrachtungen
waltraud seidlhofer

*

Laß den Mund
Gedichte
Gregor M. Lepka

*

LiteraTour
Skriptum I
Welser Anthologie

*

Dorfgeschichten
Manfred Chobot

*

Und werfen Steine
in den Fluß
Marius Huszar

*